Vamos

Un Libro en Dos Lenguas

Let's Go

A Book in Two Languages

Rebecca Emberley

Little, Brown and Company
BOSTON NEW YORK LONDON

Other books by Rebecca Emberley

MY DAY/MI DÍA
MY HOUSE/MI CASA
TAKING A WALK/CAMINANDO
THREE: AN EMBERLEY FAMILY SCRAPBOOK
MY MOTHER'S SECRET LIFE
THREE COOL KIDS

First Paperback Edition

Spanish translations by Alicia Marquis

Library of Congress Cataloging-in-Publication Data

Emberley, Rebecca.
     Let's go : a book in two languages = Vamos : un libro en dos lenguas / Rebecca Emberley.
          p.   cm.
     Summary: Captioned illustrations and text in English and Spanish present scenes at such locations as an airport, a picnic, and a camping trip.
     ISBN 0-316-23033-2
     1. Picture dictionaries, Spanish. 2. Picture dictionaries, English 3. Spanish language — Glossaries, vocabularies, etc.
4. English language — Glossaries, vocabularies. [1. Vocabulary.
2. Spanish language materials — Bilingual.] I. Title. II. Title:
Vamos.
     PC4629.E45   1993
     463'.21 — dc20
                                        92-37278

WOR

10 9 8 7 6 5 4 3 2

Printed in the United States of America

summer
el verano

winter
el invierno

spring
la primavera

autumn
el otoño

Here are the four seasons of the year to start us on our way! Let's go!
¡Aquí están las cuatro estaciones del año para empezar! ¡Vamos!

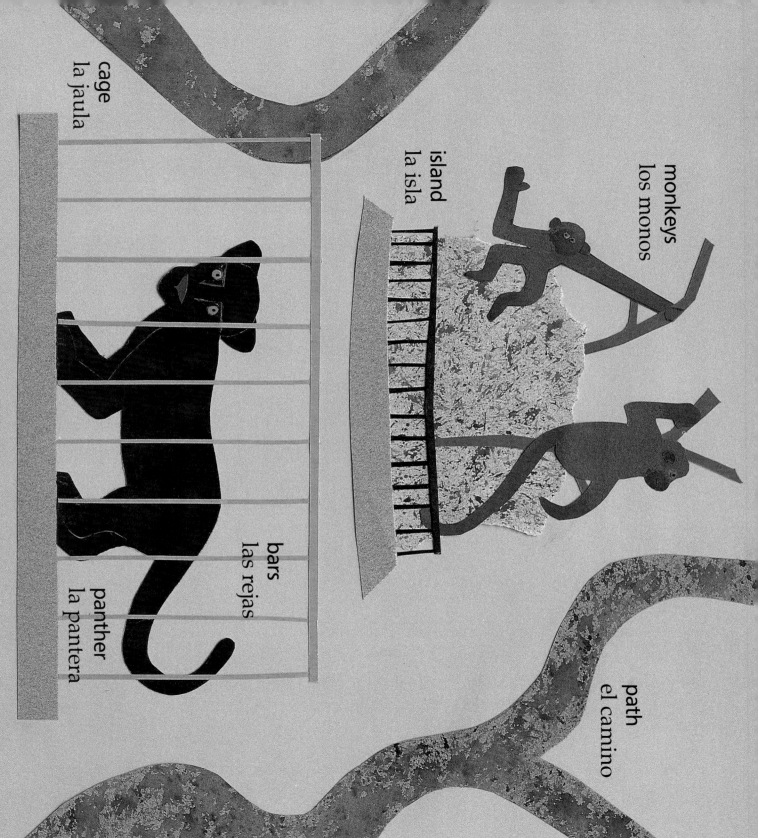

cage
la jaula

island
la isla

monkeys
los monos

bars
las rejas

panther
la pantera

path
el camino

Let's go to the zoo and see all the animals!
¡Vamos al zoológico para ver todos los animales!

goat
la cabra

panda
el oso panda

lion
el león

snake
la serpiente

shark
el tiburón

octopus
el pulpo

water
el agua

Let's go to the aquarium and see all the fish!
¡Vamos al acuario para ver todos los peces!

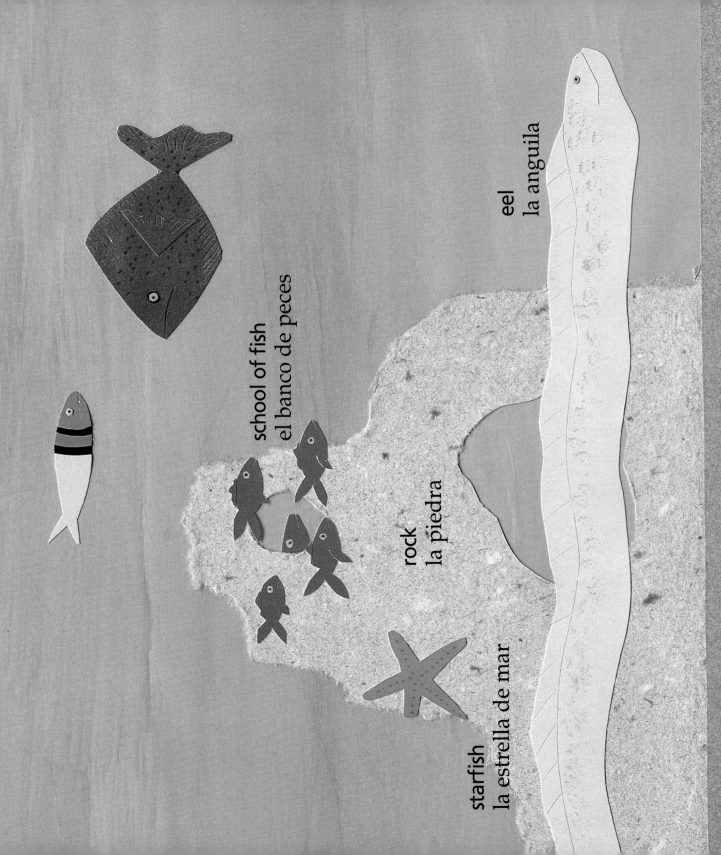

school of fish
el banco de peces

eel
la anguila

rock
la piedra

tank
la pecera

starfish
la estrella de mar

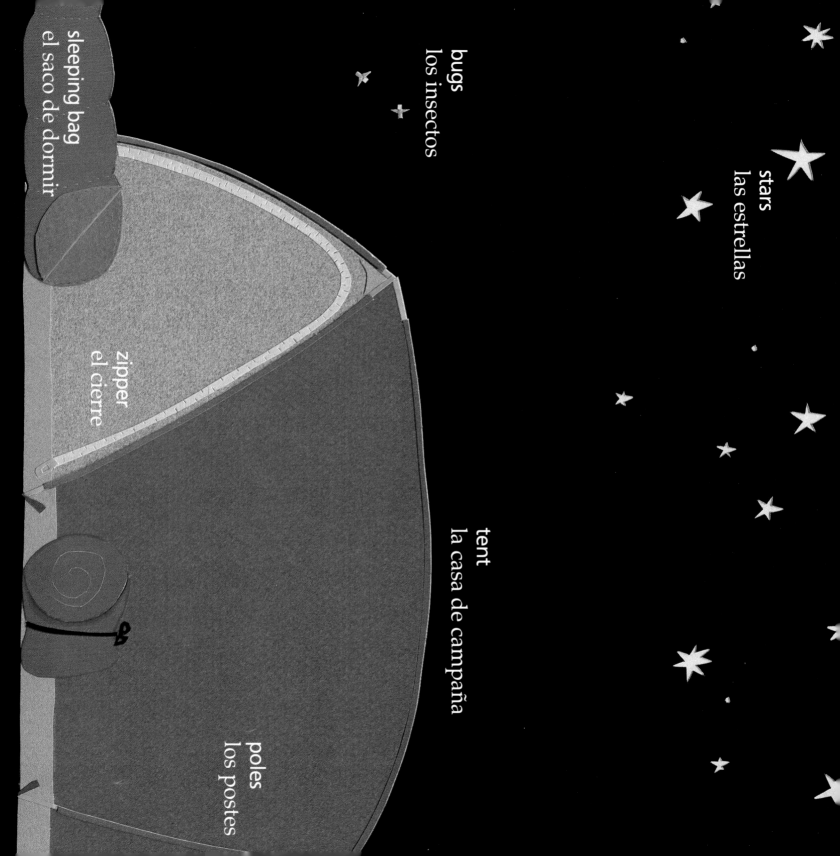

sleeping bag
el saco de dormir

bugs
los insectos

stars
las estrellas

zipper
el cierre

tent
la casa de campaña

poles
los postes

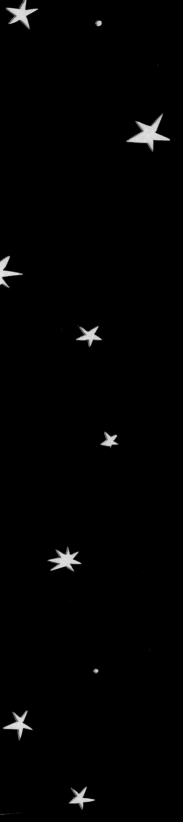
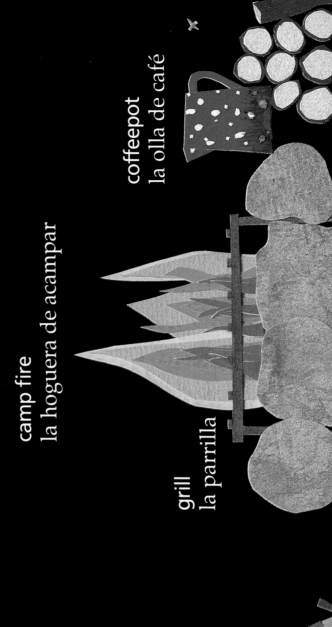

Let's go camping and sleep under the stars!
¡Vamos a acampar y durmamos debajo de las estrellas!

campsite
el campamento

camp fire
la hoguera de acampar

grill
la parrilla

coffeepot
la olla de café

stake
la estaca

umbrella
la sombrilla

sunscreen lotion
el bronceador

beach chair
la silla de playa plegable

cooler
la neverita

towel
la toalla

Let's go to the beach and play in the sand!
¡Vamos a la playa y juguemos en la arena!

bucket
el balde

shovel
la paltilla

sand castle
el castillo de arena

waves
las olas

ocean
el océano

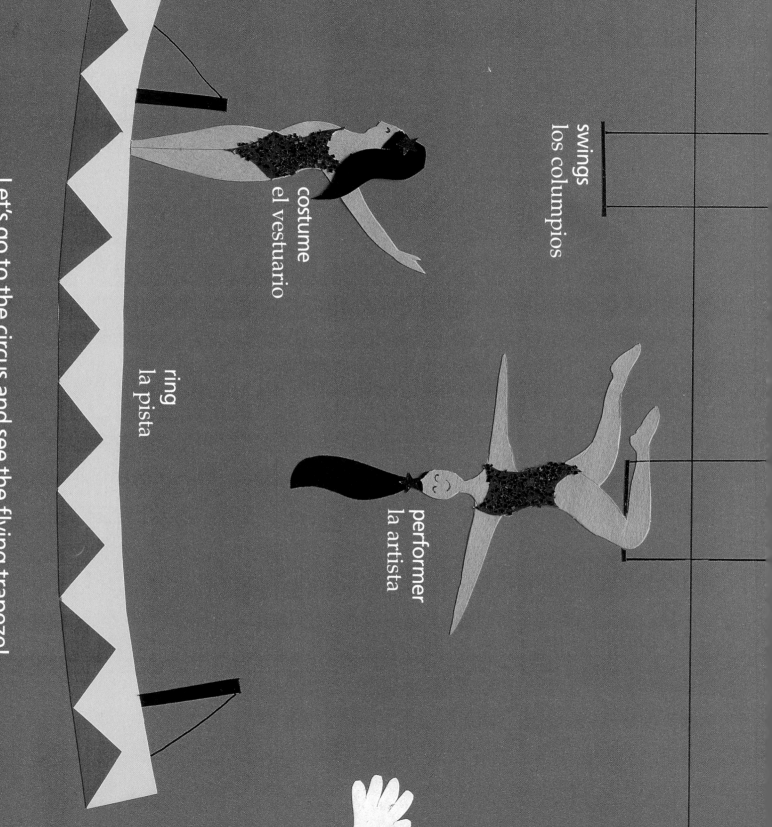

swings
los columpios

costume
el vestuario

ring
la pista

performer
la artista

Let's go to the circus and see the flying trapeze!
¡Vamos al circo para ver a los trapezistas!

tightrope
la cuerda floja

juggler
el malabarista

bears
los osos

balls
las pelotas

clown
el payaso

gallery
la galería

canvas
el lienzo

landscape
el paisaje

sculpture
la escultura

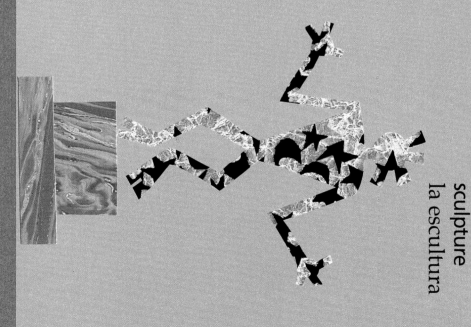

Let's go to the museum and look at works of art!
¡Vamos al museo para ver las obras de arte!

column
la columna

frame
el marco

arch
el arco

still life
el bodegón

paintings
las pinturas

Let's go skiing and fly down the slopes!
¡Vamos a esquiar y deslicémonos por las laderas!

trail
la senda para esquiar

evergreens
los árboles de perenne verdor

base lodge
la cabaña

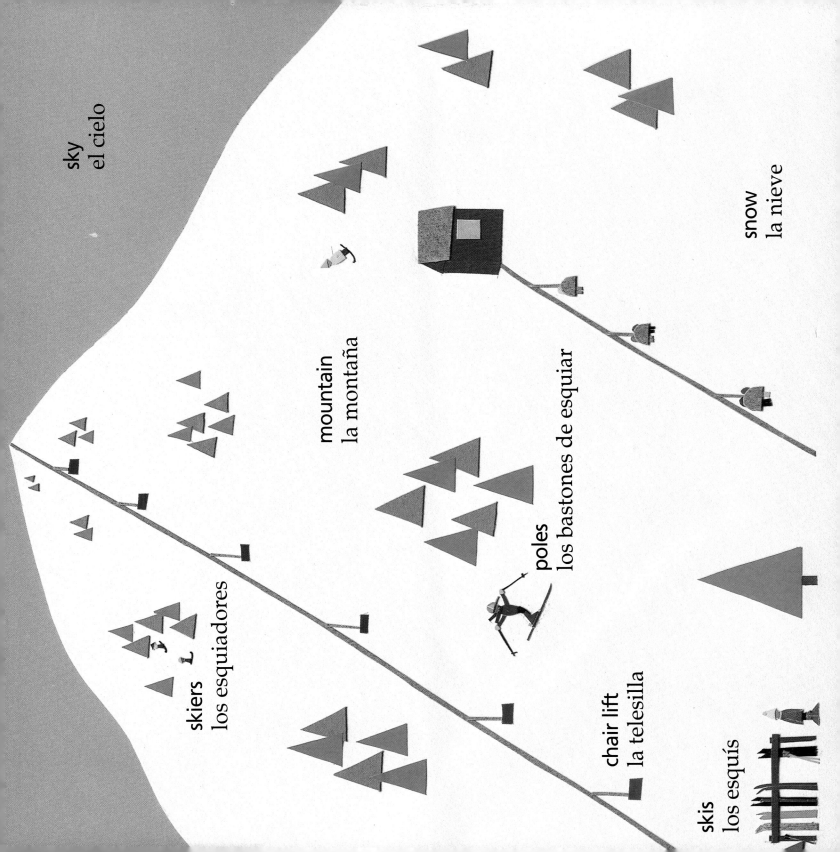

sky
el cielo

snow
la nieve

mountain
la montaña

poles
los bastones de esquiar

skiers
los esquiadores

chair lift
la telesilla

skis
los esquís

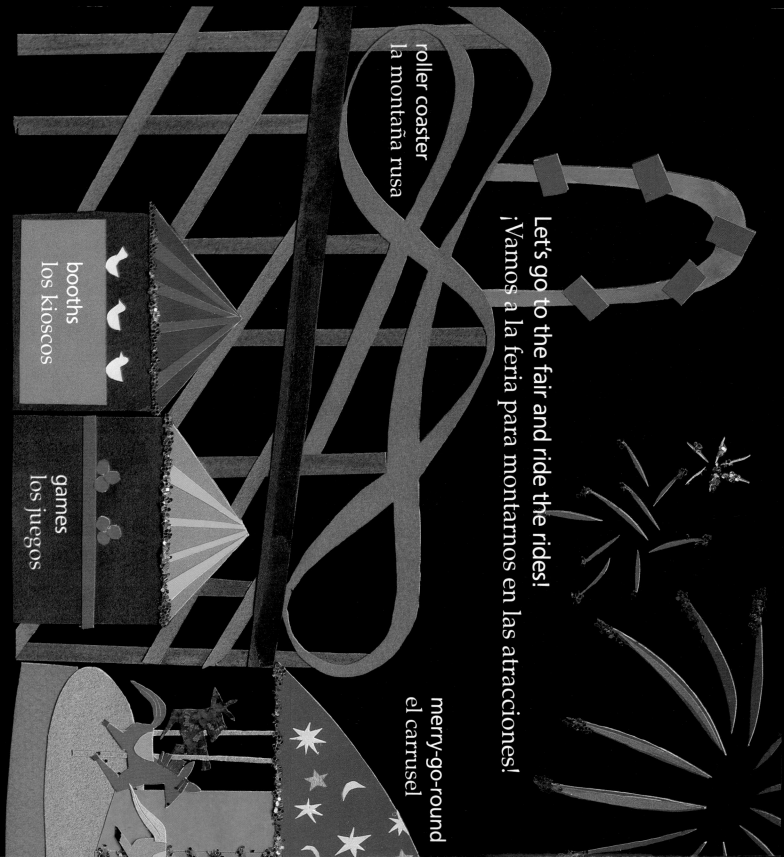

roller coaster
la montaña rusa

Let's go to the fair and ride the rides!
¡Vamos a la feria para montarnos en las atracciones!

booths
los kioscos

games
los juegos

merry-go-round
el carrusel

Ferris wheel
la noria

hot dogs
los perros calientes

cotton candy
el algodón de azúcar

fireworks
los fuegos artificiales

luggage
el equipaje

luggage cart
el carro de equipaje

tail
la cola

landing
el aterrizaje

wing
el ala

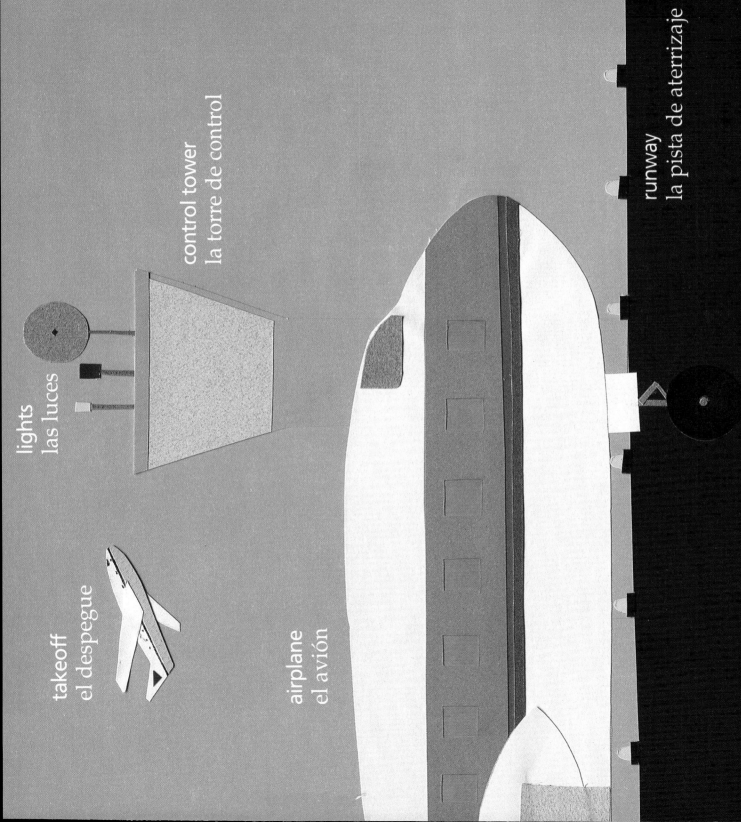

lights
las luces

control tower
la torre de control

takeoff
el despegue

airplane
el avión

runway
la pista de aterrizaje

Let's go to the airport and watch the planes!
¡Vamos al aeropuerto para ver los aviones!

ants
las hormigas

grass
la hierba

cheese
el queso

bread
el pan

watermelon
la sandía

bottle
la botella

glasses
los vasos

blanket
la manta

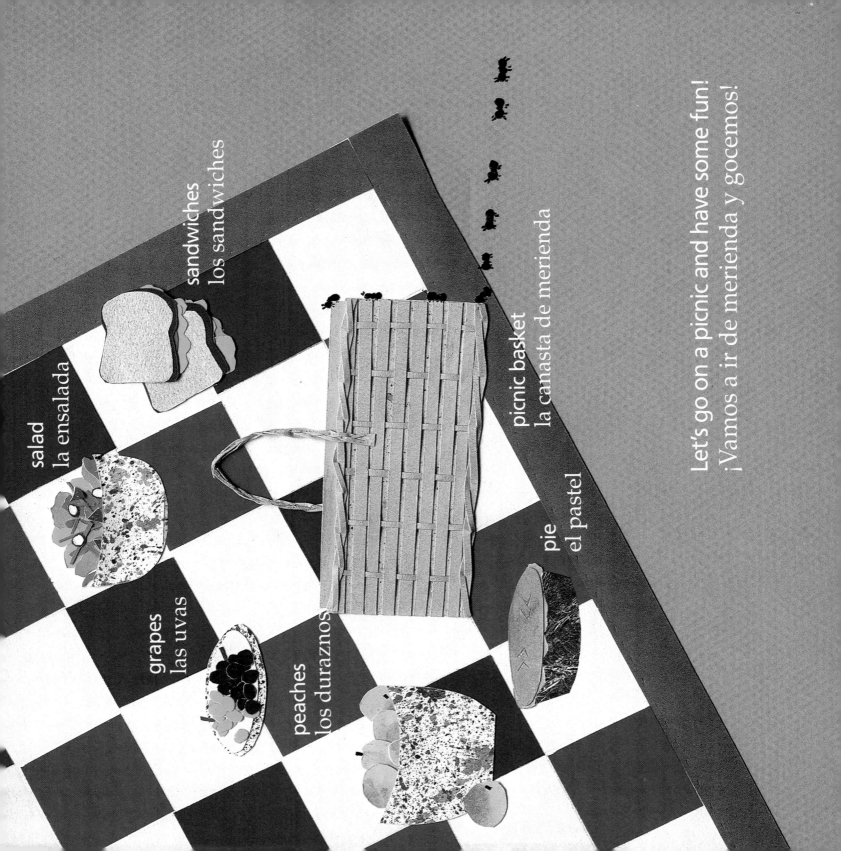

sandwiches
los sandwiches

salad
la ensalada

picnic basket
la canasta de merienda

grapes
las uvas

pie
el pastel

peaches
los duraznos

Let's go on a picnic and have some fun!
¡Vamos a ir de merienda y gocemos!

hat
el sombrero

drum
el tambor

cymbals
los platillos

Let's go to the parade and hear the band!
¡Vamos al desfile y escuchemos la banda!

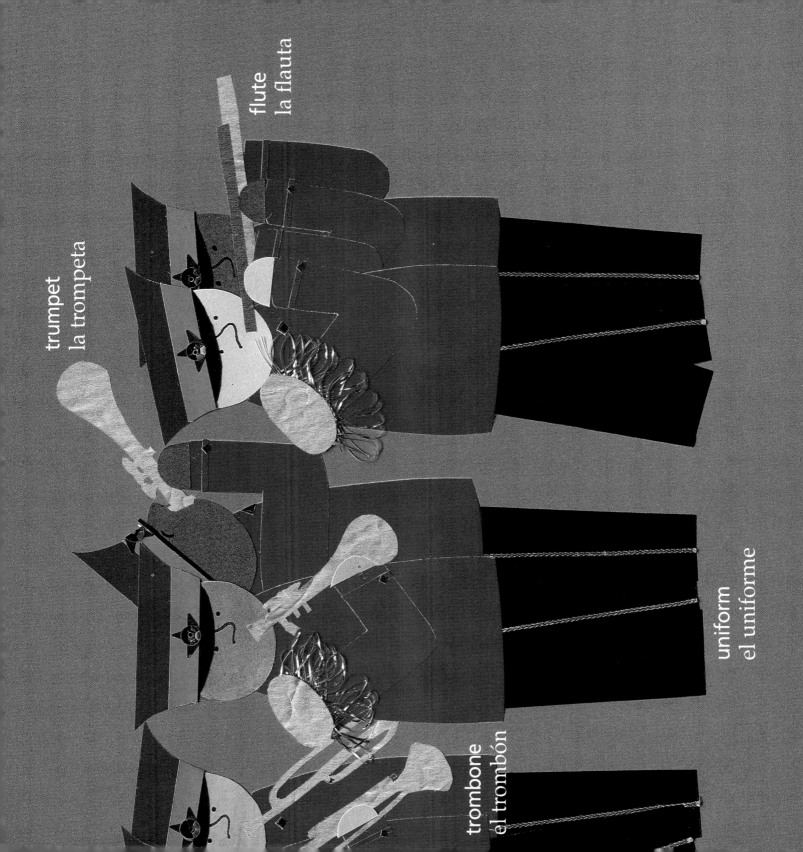

flute
la flauta

trumpet
la trompeta

uniform
el uniforme

trombone
el trombón